ÉPITRE

SUR

LE TOMBEAU DE MOREAU,

EN RÉPONSE

AU *FILS DE L'HOMME.*

PARIS.

LE NORMANT FILS, IMPRIMEUR DU ROI,
RUE DE SEINE, N° 8, F. S. G.

1829.

AF233655

ÉPITRE

SUR

LE TOMBEAU DE MOREAU,

EN RÉPONSE AU *FILS DE L'HOMME*.

42926

ÉPITRE

SUR

LE TOMBEAU DE MOREAU,

EN RÉPONSE

AU *FILS DE L'HOMME*.

PARIS.

LE NORMANT FILS, IMPRIMEUR DU ROI,
RUE DE SEINE, N° 8, F. S. G.

1829.

ÉPITRE

SUR LE TOMBEAU DE MOREAU,

EN RÉPONSE AU *FILS DE L'HOMME*.

———

Triste, et ne trouvant plus de charme à ma tristesse,
Sans malheur glorieux, sans espoir, sans jeunesse,
Tombant dans le néant sans atteindre au repos,
J'errais seul, comme une ombre au milieu des tombeaux !
Je regardais sans voir, et j'existais sans vivre,
Comme on lit, sans penser, en feuilletant un livre.
A mon esprit blasé rien ne paraissait grand ;
La nature se voile à l'œil indifférent :
Pour savoir l'admirer, il faut sentir qu'on l'aime ;
On ne jouit de rien quand on n'est rien soi-même !

Je voyageais ;... un jour sur un obscur tombeau,
Je lus avec respect le grand nom de Moreau!
Pour un héros français, terre hospitalière,
Il semble que ce champ souffre à regret la pierre,
Qui retrace une gloire odieuse aux Saxons [1].
De Moreau, d'Alexandre on y grava les noms.
Mais sans rêver long-temps au glorieux naufrage
D'un guerrier dont Dieu même a consommé l'ouvrage,
Je promenais mes yeux, sur les épis pressés,
Qui croissent tous les ans dans ces champs engraissés
Du sang des nations!.... « Odieuse richesse!
» L'avare laboureur avidement s'empresse
» A recueillir le fruit.... le seul fruit des combats!... »
A ces mots je me lève et m'éloigne à grands pas.

Le soir était venu, l'ombre couvrait la plaine,
Mais le jour s'arrêtait sur la côte lointaine,
Et dorait en mourant le dôme altier des bois.
Je voulus retourner pour la dernière fois
Vers l'humble monument que m'indiquaient ses arbres.
Quatre chênes plantés y tiennent lieu des marbres,
Des portiques, de l'or, du luxe des tombeaux,
Qui devrait honorer les manes d'un héros.

Comme j'y revenais, j'en vis sortir une ombre!...

J'approchai... c'était lui :.. noble, modeste, et sombre!

Il me dit[2] : « Bonaparte est plus heureux que moi!

» Du monde qu'il opprime est-il toujours le roi,

» Et son injuste étoile est-elle la plus forte?

» Sur les droits les plus saints si le crime l'emporte,

» Je rendrai grâce au sort qui m'enchaîne en ces lieux. »

Ce spectre prisonnier, ignorant, curieux,

Me glaça de terreur, et quand je pus répondre,

Dans les vapeurs du soir je le vis se confondre.

Sous l'exil du tombeau, ce cœur toujours français,

En un sol étranger n'a pu trouver la paix.

Il sauvait sa patrie en combattant contre elle!...

Le Silence poursuit sa mémoire immortelle.

Vanité de la France!.... Ah! qu'il n'y vienne pas

De son heureux rival envier le trépas!....

Il ne verrait chez nous que les Muses armées,

Pour *l'homme* qui trois fois a quitté ses armées!...

On dit : son but l'excuse, et sa chute l'absout!

Ainsi le châtiment peut justifier tout!...

Soyez juste du moins pour d'autres infortunes!

Ces rivaux de malheurs, ont des douleurs communes ;

Mais l'exil de Moreau ne touche point vos cœurs,
Et pour d'autres revers vous réservez vos pleurs !
Ce guerrier dont la mort vous coûta des provinces,
Eut le tort de tomber en défendant vos princes!...
Vous l'auriez exalté s'il les eût combattus.
On n'a plus de talens, on n'a plus de vertus
Dès qu'on sert ce pouvoir, qui, dans votre vertige,
Vous semble un joug pesant que le Ciel vous inflige!...
Moreau n'a point de fils que votre impiété
Puisse lancer de loin au monde épouvanté.
Pour rendre à vos enfans un maître illégitime,
La liberté du sabre et la gloire du crime,
D'une autre invasion affrontant le danger,
Votre amour de la France invoque l'étranger [3].
Le Dieu qui fait les rois, QUI PERD ET RESSUSCITE,
Vous paraît se connaître assez mal en mérite.
N'exerçant votre esprit qu'à blâmer ses décrets,
Dès qu'il a prononcé vous frondez ses arrêts.
Votre héros pourtant crut à la destinée !....
Respectez l'avenir dont l'Europe étonnée
Vit renouer le fil qui se rattache au ciel,
Quand *l'homme* de vos vers, d'après l'ordre éternel,
A son heure fatale a perdu son empire.

Vous avez des talens... La France les admire;
Mais cessez de quêter d'éphémères succès
Par cet esprit frondeur trop facile aux Français,
Et qui voudrait en vain passer pour du courage.
L'homme hardi chez nous ce serait l'homme sage!
Tout écrivain est lu, s'il est exagéré;
Mais il faut trop d'esprit pour rester modéré!

Quand la littérature était l'auxiliaire
D'une troupe d'Argus, et d'un chef militaire,
Aux lois de la police on soumettait les vers;
De nos princes bannis, pour pleurer les revers
Alors il eût fallu, non l'audace commode,
D'un talent qui se sent soutenu par la mode,
Mais ce courage froid qui marche vers son but,
Sans payer au succès un vulgaire tribut!
En vain Dieu s'intéresse à cette cause sainte;
Le Ciel seul la défend, et nul homme sans crainte
Avec lui ne combat contre tant d'ennemis!
Comment parler des grands à ce siècle insoumis?
L'écrivain suranné, qui se trompe de maître,
Poète sans lecteurs doit bientôt reconnaître

Qu'il n'est plus de danger qu'à défendre les rois,
En chantant les héros qui meurent pour leurs droits.

Du guerrier méconnu le fantôme m'obsède!
Tous les jours il revient, il menace... je cède!
Heureux en publiant ce récit dangereux,
Si je rendais le calme à l'esprit généreux
Qui ressent chez les morts l'injurieux silence,
Dont le siècle punit sa pieuse vaillance!!

Le roi législateur, plus juste que la mort,
Lui seul a protesté contre l'arrêt du sort :
De Moreau par sa veuve, il combla l'espérance [1];
Mais, il n'a pu payer la dette de la France.

Moi, voyageur obscur, poète sans laurier,
Pour venger un héros j'offense un monde altier!
Sans gloire à conserver, inconnu sur la terre,
Je puis d'un siècle vain mépriser la colère !
Que m'importe l'oubli qu'il réserve à mes vers?
Destiné par le sort à de plus grands revers,

Contre la vanité le malheur me protège!
Le peuple tous les jours voit grossir le cortège
Des auteurs turbulens qui quêtent ses faveurs :
Je ne me joindrai pas à ces hardis flatteurs!
Défenseur impuissant des grandeurs délaissées,
Vers le trône ébranlé je tourne mes pensées,
Même en faveur des rois, j'ai dit la vérité :
Périlleuse franchise aux temps de liberté!

NOTES.

---

1. Page 6 :

Qui retrace une gloire odieuse aux Saxons,
De Moreau, d'Alexandre, on y grava les noms.

Voici la traduction exacte de l'inscription allemande gravée sur le monument élevé à Moreau par l'ordre de l'empereur de Russie, et toléré par les Saxons qu'il accuse :

« Ici Moreau, le héros, est tombé près d'Alexandre. »

Ce mausolée renferme les jambes de Moreau; son corps est à Pétersbourg.

2. Page 7 :

« Bonaparte est plus heureux que moi. »

Mot de Moreau, au moment où il se sentit frappé.

3. Page 8 :

Votre amour de la France invoque l'étranger.

L'Europe est inondée d'écrits hypocritement séditieux que les lois n'ont pas permis d'imprimer en France, et qui font espérer à nos anciens ennemis qu'un jour nos dissensions les ramèneront chez nous.

4. Page 10 :

De Moreau, par sa veuve, il combla l'espérance.

Moreau, nommé maréchal de France après sa mort, par un titre accordé à sa femme, est une des singularités les plus honorables du règne de Louis XVIII.

BIBLIOTHEQUE ROYALE

www.ingramcontent.com/pod-product-compliance
Lightning Source LLC
LaVergne TN
LVHW021731030726
842523LV00004B/1364